LES

PYRÉNÉES

PAR

BARANDEGUY-DUPONT

PARIS

AD. LAINÉ, RUE DES SAINTS-PÈRES, 19

LEDOYEN, PALAIS-ROYAL

Galerie d'Orléans, 19

—

1867

LES

PYRÉNÉES

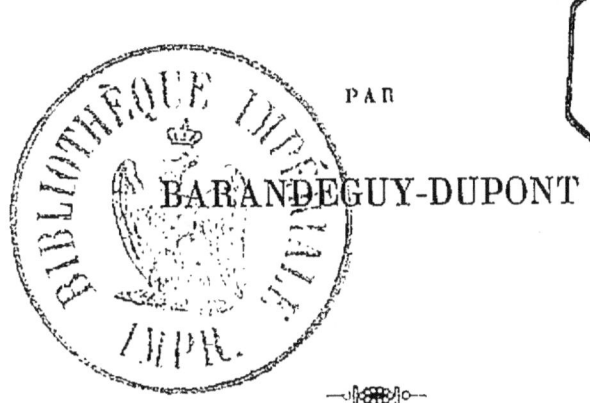

PAR

BARANDEGUY-DUPONT

PARIS

AD. LAINÉ, RUE DES SAINTS-PÈRES, 19

LEDOYEN, PALAIS-ROYAL

Galerie d'Orléans, 19

1867

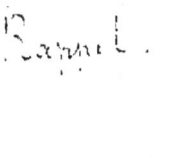

Paris. — Imprimerie de Ad. Lainé et J. Havard,
rue des Saints-Pères, 19.

LES PYRÉNÉES

—o◉k❈k◉o—

Et in Arcadia ego !

Vous l'avez dit : un dieu lui-même
Vous a fait des loisirs si doux ;
La nature toujours nous aime,
Quand on sait l'aimer comme vous.
Aimez-la, cette enchanteresse ;
Baisez sa trace avec ivresse ;
Mais le cœur change avec le lieu.
Du fond du cloaque où nous sommes,
On voit trop l'ouvrage des hommes ;
Ne voyez que l'œuvre de Dieu.

Rappelez-vous l'horreur profonde
Des peuples frappés de remord,
Quand cette voix sur le vieux monde
S'entendit : « Le grand Pan est mort ! »
Ce n'est point ce cri des abîmes
Que rediront ces monts sublimes
Où tout nous révèle un Dieu grand.
L'aigle lui dit : « A toi l'espace ! »
Et le moindre souffle qui passe
Le murmure au bord du torrent.

Là, si loin que notre œil se porte,
Partout c'est la fête des yeux ;
Sur ces monts notre âme est plus forte,
On se sent plus voisin des cieux.
Ces beaux lieux, où vous deviez naître,
Devraient aussi me reconnaître ;
J'ai vu l'Adour et le Bastan ;
J'ai vu le doux ciel de Bagnère
Sourire à mon aube première...
Mais où sont les neiges d'antan ?

Ce n'est point pour des cœurs serviles
Que sont faits ces bords tant vantés !
Je vous dirais toutes leurs villes,
Leurs mœurs, leurs climats enchantés.
C'est Tarbe assise dans la plaine
Qui trône et vous accueille en reine ;
C'est Pau tout fier de son renom ;
Plus loin, où ce beau ciel rayonne,
Vers ces fiers remparts, c'est Bayonne
Qui dort sur l'affût d'un canon.

Biarritz, vers la plage voisine,
A l'écart, penché sur les flots,
Au son de sa conque marine
A réveillé tous ses échos.
Quel tumulte ! quels cris de joie
Que multiplie et que renvoie
L'écho de ces gouffres amers !
On dirait qu'au bruit de la houle
Tous les Tritons suivent en foule
Toutes les déités des mers !

Orthez seule, découronnée
Des splendeurs de son écusson,
Comme une veuve abandonnée,
Voile sa tête à l'horizon.
Veuve d'un passé plein de gloire
Dont j'évoque ici la mémoire,
J'écoute en vain sur ton coteau ;
Tous les échos semblent se taire,
Et ton vieux gave solitaire
Gémit au pied de ton château.

Dois-je ici proclamer encore
Les noms de ces peuples divers ?
Ceux du Béarn, ceux du Bigorre,
Le Basque voisin des hivers ?
Chacun a son fleuve ou son gave ;
Ici l'Adour, libre d'entrave,
Bondit au pied de ces coteaux ;
Là, c'est la Garonne qui gronde,
Et qui, sous le nom de Gironde,
Court baigner les murs de Bordeaux.

Voyez vers les murs de Toulouse,
Rouler ses flots précipités !
Cette enfant des monts n'est jalouse
Que du tumulte des cités.
J'entends, au pied des Pyrénées,
Frémir les deux mers étonnées
De leur double hymen accompli,
Tandis que la cité d'Isaure
A ses jeux nous convie encore,
Ou chante un air de Goudouli.

Mais Campan toujours me ramène
Vers son frais et riant vallon.
L'âme y plane, dans son domaine,
Aussi haut que l'aigle et l'aiglon.
L'immensité, voilà son dôme !
Mais le souvenir d'un grand homme
Rend ce bord encor plus sacré.
Arrière tout regard profane !
Entrons dans cette humble cabane...
C'est-ici que naquit Larrey !

O mes charmantes Pyrénées,
Est-ce donc vous que je revois ?
Échos de mes jeunes années,
Avez-vous reconnu ma voix ?
Hélas ! que pourrai-je vous dire ?
Tout m'échappe, tout se retire ;
Le temps m'entraîne, et pour toujours.
De l'Adour qui là-bas serpente
Nous pouvons remonter la pente,
Mais jamais celle de nos jours.

Oh ! malgré l'ombre qui s'avance,
Rendez-moi vos enchantements !
La vie est une longue enfance,
Il faut la bercer par moments ;
Au bruit des pins et du mélèze
Endormez l'heure qui me pèse ;
Exilé, j'ai rompu mon ban.
Avant la nuit qui doit tout suivre,
Je n'ai qu'un jour ; je veux le vivre
Sous vos doux soleils de Campan !

Je veux revoir vos cavalcades,
Me mêler à vos visiteurs ;
Je veux respirer vos cascades
M'égarer parmi vos hauteurs !
J'entends déjà la caravane,
Au trot du cheval ou de l'âne
Traverser gaiement ce torrent;
J'écoute l'oiseau qui s'abrite,
Ou je suis du regard la truite
Qui remonte l'eau du courant.

Ce n'est que chant, que mélodie,
Que bruits de voix et de troupeaux ;
On dirait l'heureuse Arcadie
Qui réveille tous ses pipeaux !
Ici la génisse féconde
Broute le saule au bord de l'onde ;
Là, c'est la chèvre et la brebis ;
Et plus loin, ce réduit champêtre
Nous offre, au pied de ce vieux hêtre,
Son frais laitage et son pain bis.

Ici le vallon se divise ;
J'avance , indécis et charmé ;
Saluons, en passant, l'église
Au pied du coteau parfumé ;
Saluons l'humble cimetière
Où l'airain sonne la prière,
Où le marbre autour d'un tombeau
Ne vend pas l'orgueil à la toise,
Où souvent une simple ardoise
Dit les ancêtres du hameau.

Je connais les voix étouffées
Qu'on entend le soir dans les houx ;
J'ai surpris la troupe des fées
Sous les ombrages de Médoux ;
J'ai vu l'isard au bord du fleuve ;
J'ai vu le troupeau qui s'abreuve,
J'ai vu les monts et leurs frimas ;
J'ai tout vu, de l'hysope au cèdre ;
J'ai vu la cascade de Gèdre,
J'ai vu le désert de Héas !

Berger! montre-nous la colline
Et sa pente à l'abri du vent,
Où, sous le rocher qui s'incline,
On voit naître l'Adour enfant.
Quel frais sur ces bords on respire !
Mais plus loin la nature expire ;
Sur ce pont je passe en tremblant.
Quelle est cette gorge profonde
Où ce torrent écume et gronde ?
Est-ce la Brèche-de-Roland ?

Cette cime au loin désolée
Où s'éteint ce dernier soleil,
C'est la Cloche de la vallée
Qui doit sonner au grand réveil ;
Ce pic, c'est le pic de l'Espade.
Tremblez, innocente peuplade !
Craignez le sort de Damoclès !
Partout c'est quelque nouveau site,
C'est l'Élysée, ou le Cocyte,
C'est le frais vallon d'Argelès !

Vieux Monts où l'ours a son repaire !
Où, quand les vents sont déchaînés,
Le fils craint d'attendre le père
Dans vos sentiers abandonnés !
Mont Perdu ! Montagnes Maudites !
Qui peut savoir ce que vous dites
Au nuage, à l'aigle égaré ?
Votre masse au loin nous étonne ;
N'est-ce pas Dieu même qui tonne
Sur les hauteurs du Marboré ?

Ces glaciers dont l'orgueil s'étale
Ont vu jadis, sous leur sommet,
Passer le Romain en sandale,
Les sectateurs de Mahomet ;
Chaque âge vous y parle encore ;
Ce créneau, c'est la tour du Maure ;
Voici l'église aux vieux piliers ;
Ce fort, devant ce précipice,
Transformé pour vous en hospice,
Fut bâti par les Templiers.

Ce château vous dira l'histoire
D'un baron, seigneur de Beaucens,
Qui, fuyant l'amour pour la gloire,
Tomba, captif des Sarrasins.
Hélas ! dans son cachot immonde,
Oublié du ciel et du monde,
Comment se soustraire au trépas ?
Au malin il vendit son âme
Pour revoir tout à coup sa dame...
Qui, dit-on, ne l'attendait pas.

Tout vous charme, tout vous appelle ;
Ce son qui vient de retentir,
C'est la cloche de la chapelle
Que les anges ont vu bâtir.
Suivant le site qui varie
C'est la légende ou la féerie,
Les temps anciens, ou les nouveaux ;
Aux preux de l'antique bannière
Donnons une larme dernière...
Voici les champs de Roncevaux !

Voyez-vous ce défilé sombre ?
On dirait que Roland encor,
Près de succomber sous le nombre,
Fait entendre son bruit du cor.
C'est là que, blessé dans sa course,
Il se traîna vers cette source ;
C'est là, dans ce lugubre lieu,
Qu'au pied de la roche escarpée,
Le héros brisa son épée
Et rendit sa grande âme à Dieu !

Comme ce bruit de la cascade
Nous distrait de tous nos chagrins !
Écoutez ce berger nomade
Qui chante un air de Despourrins !
Comme ce refrain vous arrive
Redit par l'écho de la rive
Le long des saules agités !
Ah ! la nature est toujours vierge...
Mais ce soir même votre auberge
Vous rend à nos banalités.

Ainsi, du livre de la vie

La page a toujours son revers;

L'amitié du moins nous convie,

Me répondez-vous en beaux vers.

O voix du foyer, chère et douce !

Oui, tandis que le temps nous pousse

Vers un but, hélas ! trop certain,

Souffrez, quand votre luth m'attire,

Que j'abdique enfin la satire

A la porte de votre Eden.

FIN.

www.ingramcontent.com/pod-product-compliance
Lightning Source LLC
Chambersburg PA
CBHW061535170626
46811CB00004B/1944

* 9 7 8 2 0 1 1 2 5 9 6 9 1 *